第三朵花

梁卫忠 著

敦煌文艺出版社

图书在版编目（CIP）数据

第三朵花 / 梁卫忠著. -- 兰州：敦煌文艺出版社，2018.11（2022.1重印）
　　ISBN 978-7-5468-1661-6

Ⅰ. ①第… Ⅱ. ①梁… Ⅲ. ①诗集－中国－当代 Ⅳ. ①I227

中国版本图书馆CIP数据核字（2018）第269160号

第三朵花
梁卫忠　著

责任编辑：余　琰
装帧设计：蔡志文

敦煌文艺出版社出版、发行
地址：（730030）兰州市城关区曹家巷1号新闻出版大厦
邮箱：dunhuangwenyi1958@163.com
博客（新浪）：http://blog.sina.com.cn/lujiangsenlin
微博（新浪）：http://weibo.com/1614982974
0931-8773236（编辑部）　0931-8773235（发行部）

北京一鑫印务有限责任公司印刷
开本 880 毫米×1230 毫米　1/32　印张 7.75　插页 5　字数 130 千
2018 年 12 月第 1 版　2022 年 1 月第 2 次印刷
印数：1 101~3 100

ISBN 978-7-5468-1661-6
定价：38.00 元

如发现印装质量问题，影响阅读，请与出版社联系调换。
本书所有内容经作者同意授权，并许可使用。
未经同意，不得以任何形式复制。

目录

001 | 欲辩已忘言
——给自己找一个出版诗集的理由
003 | 在独自站立的时刻
007 | 月光正好
009 | 草木帖
011 | 独行
012 | 六月的某个午后
014 | 仰望
016 | 重生
018 | 时光愈老，你我愈近
019 | 我的小院
021 | 夜色漫过老街
023 | 我听见未来的声音
025 | 船长，船长

027 | 迷途

028 | 和钟声一起老去

029 | 与秋书

033 | 陷落在某些无声的时刻

034 | 不过是一场梦

035 | 暮色里的一头牛

036 | 驿站

037 | 人间

038 | 兄弟和恋人

039 | 悲夜书

040 | 出发

041 | 春光里

042 | 在秋天，欢爱一场

044 | 苔藓，祖母

046 | 光阴如同飞马

047 | 车站

049 | 春风令

051 | 无题四首

054 | 在春天，做一粒尘埃吧

058 | 二月还在安静地荒芜

060 | 鸟鸣

061 | 草见风就长

062 | 今天

063 | 最细微的声音

064 | 脚步弯弯

066 | 小日子

067 | 七行诗

068 | 日子就这样过着

070 | 静默的时光里

071 | 一条干枯的河流

072 | 逆光而行

073 | 村庄

074 | 炊烟

075 | 山湾

076 | 三十岁的小河,三十岁的我

078 | 黄昏速写

079 | 秋天、躲在老屋深处

081 | 小情绪

082 | 山菊花

084 | 珍重

085 | 自语

086 | 片段

087 | 在秋天

088 | 寒桥

089 | 青翠的力量

090 | 是夜

091 | 有时候

093 | 我们沉默的时候

094 | 河流

096 | 梦

097 | 须晴日

098 | 村里的日子

099 | 好把式

100 | 旱烟袋

101 | 天晚

102 | 四季

103 | 村庄

104 | 一朵花的秋天

105 | 老屋

107 | 最后的秋天

109 | 年轮

110 | 一只鸟

112 | 形单影只的女人

114 | 我们的安静

115 | 彩虹

116 | 一只鱼和另一只鱼

118 | 有一种灿烂

120 | 上上签

121 | 三爷和他的羊儿们

123 | 爷爷去世了

125 | 秋叶呓语

127 | 天黑之前

129 | 一场春雨不期而至

130 | 灯火

131 | 冬夜书

132 | 心情

134 | 夏夜，归人

135 | 对言

137 | 冬夜旧话

138 | 路过天堂镇

140 | 渡口

142 | 这是一个怎样的夜晚

144 | 白房子

145 | 择一小村，缓慢度日

146 | 浅薄的悲伤

147 | 雪地

148 | 在瑞应寺

149 | 低处的光阴

150 | 苍老的时日

152 | 清晨在华藏寺

153 | 大雪

155 | 在一条老路上

156 | 那头骡子

158 | 墙角的滕蔓

160 | 小镇和它的集市

161 | 八月

163 | 夜宿村庄

164 | 五月多雨

165 | 大营寺里的古槐

166 | 孤独的孩子

167 | 消息

168 | 明眸

169 | 黄昏遇老者

170 | 山崖的年华

171 | 庭院深深

172 | 白夜

173 | 我是一只鸟

174 | 一条河流

175 | 桥

176 | 杏树林

178 | 白马浪

179 | 尕女姐

181 | 小儿八岁

183 | 我们共同经历的部分

184 | 再假设一次作别

186 | 当我再次来到故乡

187 | 春天的堡垒

189 | 当你独自坐在窗前

190 | 春早

191 | 秋天的重量

193 | 暮春遇雨
194 | 沉陷
196 | 不如就这样
197 | 黄昏的速度
198 | 理发店
200 | 惊蛰的声音
201 | 路,永远只有这一条
202 | 冬天的第一场雪
203 | 蜕变
204 | 星座
205 | 向日葵
206 | 神灵没有语言
207 | 沿着广阔的山岭行走
208 | 在西王母石窟寺
209 | 在云崖寺
210 | 我的房子
211 | 坐在燕麦地里
213 | 五月的某个黄昏
214 | 晚春即事
215 | 在西秦国都城墙下
216 | 沿川湖
217 | 归来半日
218 | 小巷时光
219 | 青城古镇

221 | 狄青府

222 | 散花词

223 | 草木之心

224 | 燕子归来

225 | 山居

226 | 五月,在村庄

227 | 此时

228 | 季节或者江山

230 | 一个早晨

231 | 题画

232 | 半卷黄昏

233 | 桃花令

234 | 等你归来

235 | 时间之笼

236 | 有关年龄的词条

238 | 土地

240 | 咩

欲辩已忘言
——给自己找一个出版诗集的理由

当一个人想做的事情太多的时候,往往就显得余生不够用,所幸,此刻我们都还活着,并时常回忆起一些大大小小的往事。我是个健忘的人,总是忘记很多事很多人,我怕有一天我把这世界都忘了,那麻烦可就大了。

我确定自己已经忘记了平生看见的第一朵花和第二朵花,那么,趁现在还活着,我应该要把这第三朵花牢牢记住,便于以后回忆往事用。

粗枝烂叶的第三朵花真的不怎么好看,那或许是生长在山岭上的一束野菊花吧,还是密密麻麻、在初春的冷风中早早开放的二月兰呢?野菊花没有芳香,甚至还带些油漆的臭味,二月兰则更显得渺小一些,总是匍匐在地上,下巴挨着泥土度日。而这两种花却是我见过花期最长的，从春天到秋天，它们不声不响一直开着，像极了我的宿命。它们应该也和我一样，一不小心就会忘记一场春雨、一阵寒霜。

人们之所以顽强地活着，一定是因为他们还想做很多很多事情，哪怕只是因为看一眼明天的太阳。我无法把自己的命运强加给那些顽强生长的花儿，可我想花儿们也应该和人一样，而且更像身边颠沛流离的人们，他们无暇思考人生，只等着日落和日出。

真的说不清我是否真正地爱着第三朵花，就像我在陌生的大街上无法回答是否爱着与我擦肩而过的众生一样，我或许记住了他们的面容，却会忘记当时的情景，而当我回过头来再次遇见他们时，曾经所见已然成为过去。爱或者不爱，这期间的又有什么界限呢？当人们硬性地给时间划分一个界限时，却发现地球是圆的，宇宙是无穷的。爱或许只能是多一点或者少一点，当你拿天平来称量时，它们的重量明显地画着等号，爱与不爱已然没有任何意义。

那么，出版第三朵花的意义又是什么呢？应该是我想把自己已经忘记的东西再忘记一遍吧。

2018 年 10 月

在独自站立的时刻

一

村子开始安静下来
开始有疲乏而又散漫的脚步声
霞光和星星一同闪烁
树木偷偷生长
一朵早开的杏花
悄悄儿和春风对话
羞红着脸庞
颤抖着
却依然不低下高傲的头

几只小狗
在杏树下撒欢
一缕炊烟袅袅

小心翼翼地系住了
天空中的半弯月

二

没有什么
比宁静更美好的
你坐于窗前
看着傍晚如约而至
再看夜色阑珊
行人依然奔忙

你坐在世界的某个角落
穿越一粒种子
让目光曲线行走

你听到桃花的某一瓣
从很高很高的枝杈掉落
那姿势持续了很久
很久

三

打开清晨的第一扇窗户

春风便挤了进来
我想昨夜肯定是下了一场雨
或者有一个凄婉的女子落泪
让寺院的钟声显得如此湿润

而此刻，阳光在山岭间奔忙
流云不再孤独
成群结队的二月兰
开始在南山坡上呐喊

四

傍晚时分
我行走于山林间
旁有布谷鸟叫
老屋已惬意睡去
晚霞把夕阳的微笑
高高举起

带着虚弱心情
期待一段掩映于深处的钟声
再度响起
期待一段隐藏的剧情
能够节外生枝

其实我并不厌烦
那些繁缛的枝条
只是更喜欢看着花儿们
静默盛开的样子
它们会在夜里与星星一同飘摇
岑寂的时光里
总是站得那么稳当

月光正好

穿过人群
穿过栅栏
当我数到第三朵花时
你正好转身

星星坠入河流
被鱼儿敲碎
寂静的时刻
适合默读一些
被洒落在石面上的诗句

山峦起伏
如同我的胸腔
我愿意借着微光
让你摸到心脏的温度

那位置极其隐秘

月光正好
马蹄声渐近
思念已浮出水面

草木帖

鸟声疏落，飘向一棵树
一棵老树，它入定已深
我时常在它的叶柄上散步
在那里迎着太阳思考年轮
有时候也忘记灵魂
忘记一贫如洗的日子
忘记私订终身的女人
每当这时，很多绵密而细碎的声音
便开始放大，一股热气倏忽间
掠过耳郭
一个趔趄，我似已跌落在树杈

我惬意地停靠在一声鸟鸣上
倾听着软绵绵的春天，四月
已开满枝头

拥挤的温暖四处飘散
无法找到一个最灿烂的修辞
去描绘万物的疯长
哪怕是那些从来都不曾开花的小草
也会孕育出潮湿的爱情

独行

她伫立窗前
雨水淋湿她的眼
在这个傍晚
隔着玻璃被我看见

小巷静谧
我紧挨一棵树站立
这座小楼被常青藤缠绕
那些古老的思念
正等待着被我
一语中的

六月的某个午后

那是一条林荫小道
一直延伸至这座学校深处
在拐弯的地方
我们遇到一场雨
雨水凝聚成小股的河流
从铁艺栅栏流下
几条小狗缠着她叫
可爱的样子
让整个夏天都那么美好

这是一个幽静的天堂
我永远不知道
前方会出现多么陈旧的身影
或者有一把小花伞
遮住一张清脆又不失幽怨的脸

这些,就好像我
永远读不懂的她的某个微笑

广播里,beyond 乐队的歌曲
是一个不老的神话
在这个六月的下午
让我把头高高仰起
天空中那些密密麻麻的雨
便吹着口哨在我的脸庞胡乱流淌

仰望

在山顶仰望
没有岁月,没有人间
天空蔚蓝如水

在山顶仰望
没有距离,不需南北
万物已无关痛痒

从傍晚开始做梦
梦里的山坡有牛羊
有一顶帐篷,还有炊烟

从傍晚开始做梦
梦里山川不大
都在我心

从傍晚开始做梦
梦里岁月太浅
与你才见

重生

会被一束阳光
或某个音乐桥段
逼回时光节点
此刻,你香水的味道
如同副歌
这让我想起多年以前的
一个清晨

我们在山顶看着太阳的脸
看着春天从遥远的地平线
迅速弥漫
山风背负一身桃花
从峡谷款款而来
如你裙裾的边角
用别样的香艳

淬染青春

而时光是一把钢刀
就着月光，在老铺子里
磨砺如新
某一天你从白刃的一角
看见我满鬓白发
你说，再淬一次火
还能重生……

现在，依旧是春天
这个春天沙尘弥漫
要怎样才能找到
一个完美的角度
继续栽培爱情
和生命的光华

时光愈老,你我愈近

飞奔着,把雨季甩在身后
眼前青山茫茫,大河滔滔
再也找不到我们的踪迹

变身为两棵云杉吧,至少
在晚风吹来时
能够彼此听到
肩膀摩擦的声响

夕阳中斑驳的
分明是你的泪水
它们终将融入一场苍凉的大雨
流经这过往的咸淡岁月

有一天,在月亮升起的时刻
我听见你窃喜地诉说
时光愈老,你我愈近

我的小院

我始终想重复很多事情
比如让小院继续笼罩在
烟雨朦胧之中
比如在春季的某一天
倾听布谷鸟的欢叫
比如坐在暖暖的炕头
看梨花次第开放
杏林如烟霞缥缈

或者来一场暴雨吧
雷声夹杂着风雨
夹杂着田野里草木的清香
和飞鸟的鸣声
万物忙碌着奔逃而归
隔壁家的新媳妇
一脸水渍

隔着窗户理弄她的秀发

雨后天晴
彩虹从我的小院
弯曲到你家门口
我们一起去听听
麦苗抽穗的声音吧

夜色漫过老街

把心挂在路灯上
照亮半条老街
照亮一双眼
深不可测的眼
夜色透明

街角一条长凳
一头刚空
一头便开始惊慌

如果世界没有白天
夜晚也要一样喧嚣
不如把这昏暗，肆意涂抹
期待一个依旧冷若冰霜的清晨

记住它们，记住
那些星光
记住它们每一次努力的闪烁

不要和时光较劲儿
你看你额角的霜花
已如此清冷

我听见未来的声音

用心雕刻着时光
雕刻着未来
时光一定是在渐少
那么未来呢
未来或许是海棠花的某一瓣
成年地盛开
却也凋落

年龄如同茶叶
不再漂浮
却也不再浓厚
寡淡的日子在流水间

人呢
人们小心翼翼地来

也小心翼翼地去
却忘了小心翼翼地活着
我指的是现在

而现在
天空清薄,大地苍茫
他们正在秋风里狂欢
在原野里踩出无数条路
和望不尽的泥泞

不紧不慢的
依然是那些琐碎的时光
你听它们破碎的节奏
如此轻率却毕剥有力

船长，船长

"谦逊是藏于土中甜美的根"
在面对自然和世界时
我们把心放在冰川时期形成的大溶洞里
那里毗邻一座蔚蓝色的寺庙
傍晚时分，霞光万丈

木质的小屋顶落满了苔藓
间或长着野草
那些湖蓝色的山菊花
就像从天空飘落的星辰
絮絮叨叨，不厌其烦地
讲述着白天黑夜发生的事

我更愿意把这小屋改装成一条木舟
纵然材质破旧而腐朽

但我却能牢牢把握它们漂浮的本性
我的船长，我是你忠实的水手
哪怕冬天来临
冰雪封冻了大海

迷途

波涛汹涌的日子一定会来临
静谧的海湾和浅红色的石头
终究会变幻容颜
浪花一层层铺展开来
逐渐累积它们的高度
几亿年后,这里会是一座山吧
那时候,你会变成一只没有人知道名字的飞鸟
过上快乐的流浪的日子
永远也没有迷途的苦恼

和钟声一起老去

蓝天和白云不会变吧
只要一出现,它们总会保持年轻的姿态
就像芭蕾舞剧的演员
竖起脚尖,跳舞

当你稀松的银发一天天凋落
你的额头正在显现出最远古的图腾
那或者是向日葵
或者是一抹热烈的色彩
或者是某个年轻女子一段俏丽的背影

就这样吧
情迷于一座老旧的城市
和钟声一起老去

与秋书

一

所有的故事都在重复上演
可供回忆的细节越来越少
试图沿着一片落叶的脉络行走

归家的路程依然遥远
每个节点都有坚不可破的堡垒
索性趁着日落欣赏这晚景

生命是一场永无止境的循环
比如从春天到秋天再到春天
比如晴雨霜雪的变换
只是，在第四十五个秋天
我们都要不约而同地老去

很多物件都旧得很快
只有时光永远保持新鲜
没有味道,永不发霉
就像面对你的额角
每天都有新的发现

我们像一棵树
把根须潜入大地深处
揣摩它的年轮
后来,我们终于
承认了自己有多么浅薄

二

写一封信吧
夜色渐浓,正好顺便描述一下
这静静的月光
微岚的远山
和窸窣的光影
不然你还能说点什么

难道你要说岁月流离思念不止
忍痛弥漫心头
或者把那些重复的话语

再写上千百遍

三

突然,你说想去戈壁一隅的小木屋里
吃着风沙老去
那样就可以变成一尊雕像
和沙漠里的精魂一样
多年以后被某些人发现

然后他们讲述一些离奇的故事
用繁缛的礼节在一个阳光明媚的清晨
迎接你重新来到这个世界
不幸的是,我们再也难以卸去
那背负一身的沉重的泥沙
这秋色,需要一饮而尽

风,一天天变得粗粝起来
枝杈横生的老树,顶着一抹秋色
准备将那稀稀落落的坚守
弃之于荒野

一朵狼毒花在山岗上昂起头颅
用声嘶力竭的样子吞咽着泪水

他的细小的脖颈即将干瘪
即将在某个夜晚的劲风中
伴随着清脆的声响瞬间折断
那声响会划破安静的夜幕

岁月何其艰险
还是沿着一条老路走走
庸俗的尘埃依然在光影里闪烁其词
野菊花用清冷的颜色妆点一地哀歌
寂然的草木,需要最廉价的温暖
迷乱的零碎的黄昏,需要装进一个透明的杯子
这秋色,需要一饮而尽

陷落在某些无声的时刻

从清晨开始,就已迷失了方向
只能咀嚼这些繁茂的植物
咀嚼它们的清香和苦涩
这是一种恍惚而寂寥的追求

我所看到的这片阳光,易碎
易于令人焦虑
风,一遍又一遍地涂染着世界
却总是达不到它想要的样子
真是敬佩这种执着

很多孤独依旧在蔓延
我很期待它们化整为零
期待看见它们不断发育的样子
也喜欢深陷于其中

不过是一场梦

梦见梨花飘落
一场生离死别
梦见豺狼强大
践踏灵魂
而我,已无力拥抱整个春天
无力拥抱那一场转瞬即逝的温柔

梦见河流环抱庄园
一场葬礼
在乌鸦的屋檐下举行
让我就这样闭上双眼
继续思考一些美好的事情
山水和阳光开始再次奔涌

暮色里的一头牛

一头牛在暮色里咀嚼着夏天
它品尝阳光的温度
或者对一片土地的深爱
它或许也会用简单的方式
去思考简单的生世

而我,总关注一片叶子的未来
用一滴露珠放大双眼
世界却变得愈发模糊
一条溪水历数着过往
万物已开始萎靡

驿站

在一座古老的驿站里
彻夜难眠
我找到一张破旧的通关文牒
破译出一种古老的密码
这密码有着神奇的法力
陈旧着却依然焕发出神性的光彩

我跨上一匹白马
日夜兼程,穿越河西走廊
我眼神清冷,吻住一片月色
吻住一片寥廓的沙漠
风,却若一把锈迹斑驳的尖刀
散发出一阵生硬的腥味

人间

写半年诗歌,打半年柴
在风霜中熬煮诗句
用那些毕剥的玉米,大豆,胡麻
一家人的烟火在时光中升腾

熬煮一锅鸟鸣
叶落了还能闻见绵密的清脆

半年结网,半年捕鱼
打到一网海腥
打到一片蓝色的海洋
继续熬煮
为了一锅辛辣的鱼汤

南山打柴,北山放羊
且把这精疲力竭的岁月
放在人间

兄弟和恋人

万物的温度让夜色开始膨胀
是的,万物都有温度
比如兄弟,比如路灯
比如偎在街角的恋人的哭泣
爱情,只需要一小口空气
而兄弟不能
他们需要一场大风

用一个晚上的时间
喝完一杯酒
用一个晚上的时间
数遍天上的星星
再花一生的时间去怀念

窈窕的日子已所剩无几
潮水还在猛涨
已经等不到天明了吧

悲夜书

捡到一片光阴
捡到破旧的希冀
捡到一个发霉的秋夜
深深的夜晚,吐着长舌头
准备尝尽那些碎裂的苦难
那苦难如星光
把黑夜分成小块
让悲伤的轨迹更加明显

我知道,伤口被已被逼到角落
形单影只
我的矫情所剩无几
你看我清贫的热情
已开始战栗

出发

允许我对着一片叶子倾诉衷肠
那不是愤世嫉俗的渴望
纵然唇角干裂
可那耳鬓厮磨的言语
却有着湿漉漉的幸福

收拾行李走吧
趁着黎明
趁着露水还未被风干
和一群鸽子一起出发

春光里

时间是一把巨斧
暗藏于天地的笑容之间

风浪隐秘,捉摸不定
短暂的呼啸是一次难忘的旅行

春天有着青色的烟雨
种子的喘息在深灰的土壤中
散发出暧昧的热度
我是时间带来的一棵草
此刻,满身虚无

索性让我歇息在一缕南风中
歇息在这明媚的春光里

在秋天,欢爱一场

大雁拖走疲惫的声音
天空卸下沉重的雨滴
秋光脱去大地的衣衫
轻薄的日子开始减速

温暖的注视已被定格
谦卑的话语需要说得再低沉些
莫要理会这些疯长的思念
它们只在夜晚悄悄潜入

流水的密度开始增加
足以浮起一片蔚蓝的天空
足以浮起你清丽的脸庞
湿漉漉的石头
是一场欢爱的尾巴

散发着甜蜜和馨香
所有的蝴蝶都飘飘欲仙
只有我愚钝的表达
会深深地渗入苔藓

苔藓，祖母

她的微笑像一幅刺绣
针针线线都连着她的脸

隔着一朵梨花
她望见陶器里装满的烟火
落日余晖渗入院角的青瓦
一段悠远醇厚的清香蒸腾而起
和着那些柴米油盐的日子
刮起一段孤独的风

老杏树老得只能开出一朵花
它憋足了劲儿
从凌晨四点就开始努力点燃窗角
在凌晨五点一支火柴帮助它点亮了整个窗户
也点亮了一阵猛烈的咳嗽

那咳嗽比星星还亮，还多

苔藓一样的祖母
越来越像苔藓
在发霉的天气里
板着一张愈发青翠的脸

光阴如同飞马

洪水一样的青翠逐渐隐去
一场大风若雷
草木摇落,晨霜清冽如酒
肃杀之气渐近
寂寥正交融于水面
期待一场清冷的月光
激起层叠的不安与躁动

各自沉默吧
沉默在秋日一隅
尖利的麦茬会在风霜中腐化
它们的色彩终会洇染这片土地
会为它换上暮年的服装
那是一片荒芜的惊喜

车站

繁花似锦的季节
在这偏远古老的车站
降临一场送别
此去路途迢迢
只愿你一路平安
此去烟雨渺渺
一路桃花殇别

你挥泪如烟,如说旧事
过往岁月
如这一场雨,绵长数日
最终还必落得个晴空万里
天晴那日
你在东端我在西端
我怀抱清风

怀抱你的辽阔草原
为你写下这诗篇
再唱一首如酒的歌

春风令

时光缓慢,如一摊锈迹斑斑的水
而季节的意义已经开始晕染
四月的桃花,正待你打伞而来

年华轻薄
你看这些叶子,终归要落

两只麻雀,相邀掠过一片盐碱地
无措的暧昧,正在发生
长了翅膀的种子,在一朵云上安家
它周围的蓝色,如此稳妥

搂紧一缕春风
满怀柔软
几瓣桃花猝不及防

跌于尘世角落
继续饲养着春天
她知道，命运仍将紧追不舍

就这样，中了这春风的圈套
循环至死

无题四首

一

所有的欢乐都在狂欢中丢失
我们安静得像不皲不裂的泥土
没有牵绊，步履执着
但愿我们所背负的阳光依旧温暖如初

夏天摇着船桨激起你我的倒影
莲花和你变得越来越逼真
困顿的夜晚适合萎靡地苟活
我是一条游走于莲花深处的鱼
趁着月色撒网

二

水面参差

如我参差的心
我见你身影婆娑
裙摆如茵
眼神如水

莫要辜负这条小路
莫要辜负这不期而遇
我心早已化做一只鸟

三

打开清晨的第一扇窗户
春风便挤了进来
我想昨夜肯定是下了一场雨
或者有一个凄婉的女子落泪
让寺院的钟声显得如此湿润

而此刻阳光在山岭间奔忙
流云不再孤独
成群结队的二月兰
开始在南山坡上呐喊

四

午间瞌睡，让我错过了一场激烈的雨

我没有梦到槐花飘零的样子
直到一缕幽香把我惊醒
恍惚间，我听到它们在暮春里垂死的呐喊

在春天,做一粒尘埃吧

一

土地像情书,像一片清亮的海洋
涌动着肥沃的暗流
麻雀纷纷,雨也纷纷
潮湿的空气如翅膀,弹射在田野

在傍晚的臂弯里,一棵梨树
用暮色煮着自己的花瓣
煮着没有咸淡的光景
它始终重复着同一个动作
像个老人,安度时日

古老的树桩,盘膝而坐
纵然新枝仓促而发

却再也算不清
已被定格的年轮

二

春风的意图已如此明确
而你还未做好准备
比如打开一扇南窗
掸落旧书上的尘土
比如为花儿培上新土
并再次修剪这冗长的诗句

为所有的秘密都浇上水
只为等一个疏淡的女子
在鲜花盛开时
再为它们浇一次水

从大雪中走来的人
不喜欢嬉闹
让我在这黄昏中继续黄昏
继续为你读一首温暖的诗

三

飘浮于雾气和云岚之上

或隐藏在荆棘丛里

季节是身外之物
世界不会突然清醒
山在慢慢增高
海也会逐渐扩大
人这一生都如此卑微

你可以看到花开花落
可以看到世间浮沉
可以看着镜中的自己
慢慢颓唐萧索

而树叶依然保持着自己的样子
山川依旧苍茫或隽永

四

血是咸的
海水是咸的
微尘呢
你品不出它的味道

这世界是一首蓝色的诗

万物在沉吟喏嚅低语哽咽中生存
匆匆如光,不舍昼夜

俯下身子
或匍匐着身子
我看见很多高大的背影
都在逆光中消失殆尽

二月还在安静地荒芜

黄昏从一片空地突兀而起
此刻，温暖已降落
万家灯火让夜幕瞬间倾塌
那些矮树同房屋一样矮着
房屋匍匐着
等待炊烟把它们扶起

几声钟鸣在尘世里偷生
它们数着日子
数着过往的香客
日子如同沙子
香客如同流水，慌慌地
渗去。又慌慌地来

黄昏短暂，挂满料峭的风

许多美丽的事物，依然闪烁
纵然夭亡镇定如石
纵然命运依旧惊慌

二月，还在安静地荒芜
一棵枯草还在生长
除了生长和繁育
春天里没有大事儿
麻雀已看透季节

鸟鸣

期待一声鸟鸣,从天空掉落
轻盈如羽
如五彩霞落
它背负着一个春天
背负着桃花红梨花白
背负一身柳絮炊烟

期待一朵云,从天空掉落
清晨弥散在轻雾中
露珠从芦苇秆滑落

一声鸟鸣惊起一群鸟
惊散一缕轻雾

草见风就长

但总有一个极限
极限到来时
它在秋风中继续讴歌生命
在第一场霜冻来临时
挺起瘦削的胸腔
哆嗦着掀开唱词的某一页
它刚一发声
就被什么捏住心脏
它皱一次眉
再次挺起胸腔
这一次
它没有再试图歌唱

今天

我要怎么样才能
向我追慕的一个女人道出
今天的意义

我要对她说阳光温暖
大地和煦、春天在即
还是说我掐灭手中的烟头
把目光送到远山

像一只在脚踝打了烙印的鸽子
我只想把昨晚的美梦
送到她的身边

然后
我坐下来回忆思考
她温暖的脸庞

最细微的声音

那些最细微的声音
来自麦芒之间的摩擦
拥挤、窒息、却依然留给风
宽大的缝隙

不幸的是
他们把叹息放错了地方
风一来,便落了一地
那温柔的土壤
终被砸得生疼

莫要声张,莫要
无端奔走
河岸上,几只青蛙正在谋划一场救赎

脚步弯弯

到夕阳落下时
你还在深一脚浅一脚地走
你说这路程不远
你说再走二里
就是天黑

你走过的那些山
一座连着一座
终于在眼神的尽头
被云霞泡散
像坟茔像墓碑
像曾经生活在这里的人
他们每离去一个
就化成一座山峦
那些沟沟壑壑

是风雨们年年岁岁的挂念

窑洞里有寂静的夜晚
月亮脚步弯弯
它数着星星
数着一个个睡眠
数着山
后来它自己打个盹儿
就到了明天

小日子

选择某个早晨
选择某处光阴,虚度
下三层楼,走半条街
数出脚步几何,时日昏昏
在岁月的经纬间,画出一条
弧线,不舍昼夜

人间之路,踩着凡人脚印
步履匆匆,谁都像一个
迷路数日的孩子
在夕阳里,唱着童年的歌

七行诗

微弱的声音总会在寂静的夜晚
膨胀,我朝着月亮的方向走去
身躯也显得膨胀
脚步的声响是梳理心情的一剂良药
睡眠的分子被夜色泡大
星光如刺,一个不留意
就万箭穿心

日子就这样过着

你的眼睛,是一湾可以休憩的湖水
在一场大雪来临时
在那肃穆的情景中
我安静地俯下身子,看着你

我知道
快乐一定会像春天一样疯长,奔流
就像在春天来临时
你眨一下眼睛
草儿都绿了,花儿都开了

昏暗的天光会让我们的故事打盹
然后,我们就像两颗对望的
不断风化的石头
消磨着彼此的时光

我们用眼神把爱恋研成粉末
和着湖水吞下
日子就这样过着
直到我们望见的彼此
越来越模糊

静默的时光里

有些东西,总会让人追随
比如春天的第一声鸟鸣
比如秋天的最后一枚落叶
比如你站定一个凝望的姿态
目光里满是远方

有些话语,你不说我也知道
就像岁月埋进深深的土壤
就像在一个万籁俱寂的日子
等待你脚步的声响

有时候,我和大地
一同沉默
沉默的间隙
是我端详你最深的时刻

一条干枯的河流

一场雨救不了一条河流
就像黎明前的星星
他们拼命燃烧
最终把光亮都给了白天

你能看到这条河曾经奔涌的姿势
就像神灵赋予了她魂魄
而最终她还是臣服于山
因为这山离她很近
神灵却离她很远

如今这里丛生着杂草和灌木
它们在孤独的夜晚鸣叫
就像这条河流曾经的魂魄
那声音仿佛夹杂着细细的雨
和缕缕的云
在天空阴霾时愈发有力

逆光而行

我想,明天清晨会有阳光
会有从南山林里飞来的一只鸟
把我从梦中叫醒
然后,我背起行囊
如同背负起一些
看得过眼的理想
逆光而行

在斑驳的记忆中
找到一些
可以记起的名字
找到一些支离破碎的脸
拼接出一个完美的清晨
拼接出一条路
我会在拐弯处
等到日落
看着我的影子逐渐变长
最终牵扯出一段深埋的情思
那里有肥沃的土壤

村庄

村庄隐藏着时间的经卷
老屋有一把尺子,时不时拿出来丈量它
周围的这些年轮

其实,好多故事都溶解在月光里
虫鸣与花香都弥漫在星空
夜晚的空气没有禁锢
深吸一口
你就会把村庄的昨天
深深地装进你的血管

河流是最美的厮守
那是约定好的宿命吧
它不得不在那里安静地欣赏
花开花落的声音
然后用最亲切的词汇告诉你
那是村庄的心跳

炊烟

故乡已经开始苍老
唯一青翠的
当数那缕被山风打湿的炊烟吧
你会在傍晚时分
清晰地嗅到亲人的味道

沉默的泥土和院落不说话
那密密麻麻的苔藓
是他们的心事

山湾

这小小的山湾是爷爷耕耘的终点
他一生都在墓碑上用犁铧雕刻着自己的日子
他倒下时,我的父亲为他完成了最后一笔

现在,他的人生是完整的
因为故乡收留了他这个执着的儿子
这成为他最朴素的幸福

在我跪倒在山湾的那一刻
爷爷,你不会再觉得孤独

三十岁的小河,三十岁的我

就是家门前那条小河
她今年三十岁
和我青梅竹马的小河

我是听着河水的呢喃出生的
出生时我懂她,她也懂我
她说她和我同岁
后来,我赤着脚和她一起奔跑了好多年

速度与时间蹭出了火花
风儿挤落了杏花
挤落了梨花
挤落了天上的雪花
我停下了脚步
小河也停下了脚步

我和小河宁静地对视
直到我迈着轻盈的脚步
离开那个青梅竹马的她

我踩着阳光跑得比时间还快
这年冬天我才想起她
我这个青梅竹马的她
穿着一身素衣与我合影

她说她成了时间的爱人
成了阳光的朋友
成了石子的主人
我说那鱼儿呢
她说鱼儿是我
夏日里总能吐出思念的泡泡

我说你怎么就嫁给了时间
你知道时间比你老
她便哗啦啦给了我一脸的清凉
让我无暇感受自己的哭泣

黄昏速写

黄昏来得很快
和阳光一起销声匿迹的还有
几只麻雀的叫声
和看似不起眼的一点温热
稀薄的鸽哨
无法唤醒那些沉睡的树木
打个拐飞向一家无名的屋檐
那一缕炊烟终于
被鸽子的翅膀惊散

秋天,躲在老屋深处

你可以看透一朵云
但永远看不透蓝天
秋日的天空内容很少
老屋阳光满怀
霉气蒸腾
散发着一家人曾经的
春夏秋冬

比如春天的犁
夏天的草帽
秋天的脚步
冬天的笑声

我是一只麻雀
嗅到了老屋深处

埋藏的汗水
那种气味令人兴奋
让我知道老屋和蓝天一样
深邃凝重

我的家该是在
檐下的某个空隙吧
我在安静的夜晚
聆听微风敲打着落叶
等待观看一只蜘蛛
以极其敏捷的身影
滴落在窗台
一场大戏由此开始

小情绪

给秋天一组阳光
蔚蓝便触手可及
循着昨晚的雨声
在山林深处
找到大半年的时光
它们大多隐藏在落叶的空隙
有些在皲裂的桦树皮里
偷笑

在脉络清晰的下午
想起季节变换的不易
这是一本充满离愁别绪的书
读着太过冗长
读完了又恐慌

山菊花

愿你如一朵山菊花
仰起头高傲地活着
除却星光般的颜色
世界都是黑白
你站稳在一个斜坡上
让视野更加宽广

远离城市远离村庄
远离人们焦躁的目光吧

掠夺是有轮回的
战争也一样
借着黄昏最后一抹光亮
当你把自己的花瓣数过一圈时
黑暗已来临

放下那些喜怒
放下刀枪
祈祷着
别让孩子的拳头
举过头顶

珍重

雷声奔忙
碰落一地露珠
在南山顶
我见你溯流而上
此去路途遥远
你背负的珍重太多
这白马太过清瘦

繁花已谢
黎明尚远
转眼秋风十里
如我白发苍茫

自语

从傍晚就开始落雨
每一滴都是夜的精灵
他们染黑了原野和城市
又点亮了灯

温度借着引力从窗户滑落
弯曲的轨迹
如同一场阴谋
锋利而迅速地
割断街景和目光

寻找一个可以对坐的身影吧
只为放下那些沉重的语言

片段

把那些该说的话语都放下
远处树上的花瓣正轻轻飘落
温暖纯真的笑容和忧郁的悲伤
逐次绽放又凋落

另一角,她感染了风寒
在一棵白杨下祭拜年轮
春天总是独来独往

把那些该说的话语都放下
黑夜不会相信
就如同他永远不会信任那些
目光短浅的星星
不如在辗转难眠的时候
摸黑找到一片空地
目光便不再遥远

在秋天

是这一潭秋水
把石头一样顽固的思想融化
我看着她清澈的眼眸
看着一枚红叶从她肩膀滑落
那是一件花格子的风衣
在秋日的黄昏显得异常温暖

她的瘦削的眼神
如同一枚清冷的露珠
我知道那是一滴隐忍的水

"走走吧"
然后
身旁这些孤寂的草木
依然孤寂

寒桥

再过二里地
便是那座寒桥
其实桥下没有水
也没有冰
桥那边再过二里地
就能看见祖父的老屋
灯光掩映
就像祖母沉重的咳嗽
忽明忽暗

青翠的力量

现在,我青翠地站在你面前
抛却枝繁叶茂
透过阳光的缝隙
看着你笑
明眸皓齿

一种力量无名涌动,从未停歇
如同那些青翠
莫名生长
眼前,万亩方塘

哪怕苟且度日
都要找到一个值得沉醉的理由
让你看见我
一直都在你身旁

是夜

街区霓虹闪烁
有乞丐在自助取款机门口
裹紧棉衣
初夏
深夜
犹寒
一条流浪狗
在街角用尿液的气味
划定自己的地盘
路过的年轻女子
被一声口哨
惊得仓皇

有时候

有时候
天空不必晴朗
不必携佳人
不必有好茶
不必饮酒
不必赋诗
只需带着好心情静坐
或者固执行走

有时候
可以有空寂
可以有孤独
可以有雨
可以有风
可以让那些四溅的阳光

放肆于双目
然后和一些陌生人迎面
或者擦肩
只为把一条简单的路
走得更远

我们沉默的时候

鱼缸内
只剩下最后一尾鱼
在夕阳的光亮中
溅湿你我脸庞
等待斑斓夜色
悄悄降临
如同一只不再歌唱的小鸟
和岁月一起
漂浮于水面

必须找到一个晴天
把那些没有波澜的心情
重新喂养
姑且放下这些病痛
放下这些难以维持的生计
继续缄默于午后阳光
缄默于手边一树繁花

河流

这里,需要有一条河
让我可以在下游溯流而上
慢慢找回曾经一些需要记住的日子
就像小时候在河边拾捡那些心爱的石头
它们的美丽,存在于我心里
我需要细细把玩,把一些感动铭刻

现在,需要有一条河
让一些思念可以继续漂浮
陪伴我刚刚起锚的小船继续前行
或者,我跑得太快
但至少,我会在入海的地方
等到它们

真的,我需要有一条河

在旅程中时刻陪伴左右
每当窒息的岁月,不再泛起涟漪时
我就看看河里自己的嘴脸
然后,让嘴角上翘,上翘
再上翘

梦

突然间
我梦到有蛇爬过我的脊梁
一种虚拟的冰凉
我看见黄昏逐渐隐匿
岁月在树枝间飘荡
我看见我自己
静默痛楚
在一声夕阳的叹息声中
消磨华光

须晴日

天空如此晴朗
手边有青草
有乳白的羊群
有野菊花的小宇宙
一条幽径通往阳光深处

我忘记了一场约会
那是一个
明眸善睐的女子
可以跟着我分享午后时光
分享一条
来自远方的讯息

算了吧,我只愿在这无尽的
无尽的晴日里
在大地的色块间
孤独地,真真实实地存在

村里的日子

村里的日子过得老快
惊蛰谷雨芒种立秋
转眼已是满地金黄

那些掐着指头就能数过的日子
一会儿爬上麦秆
一会儿爬到山梁
把春夏秋冬过得得心应手

看炊烟四起
一庄子的温暖
点亮天边第一颗星
而后漫天璀璨

某些东西
比如思念
总会在夜晚发芽

好把式

碾完了今年最后一场小麦
又要打起包袱回城
老板的电话催了好几次
一个劲儿说我是工程队里的顶梁柱
还得感谢老父亲
把一手绝妙的泥瓦活传给了我

父亲是村里的好把式
而我,是城里的

旱烟袋

红铜锅乌木杆玛瑙嘴
装满了父亲的长吁短叹
装满了风调雨顺
和一些灾害的年成

春种秋收,夏雨冬雪
满满抽一锅
那么多岁月如烟散去

天晚

总会在秋天的某个傍晚
面对一片叶子伤怀
看星星逐一亮起
打发无聊时光
看行人从街头
走到街尾
目测来往的距离和时间

想象湖中一舟
天边一雁
心中只一物
在一盏昏暗的台灯下
参悟一棵草的荣枯
和一朵花的哀伤

四季

在月光下
把心慢慢剥开
剥到了春天的心事
夏天的几只麻雀
和秋天的麦芒
那么冬天呢
我怕剥完了冬天
心就无法安宁

把一个瞬间
好好珍藏
让他发酵孕育出
一粒健康的种子

村庄

村庄如同一本老皇历
在季节的交替中
慢慢老去
愈发安详

把那些弯弯的山路
想象成血管
一天天抽去村庄的
青春和荣华

听
一座城市正在崛起

一朵花的秋天

气温骤降
色调骤然转冷
小巷拐角
素花轻薄如烟
简单如翼
感受属于自己的
冷暖人生

小桥流水微寒
南窗开处
一夜真言

老屋

在一个斜坡上
站立了很久
只为做
一棵树的依靠

坍塌的被遗弃的生活
依然在那里生长
枝繁叶茂的阳光
把最丰厚的养料注入老屋深处
奔涌的苔藓是一场盛大的思念

不要再企图改变它的样貌
岁月是一匹大马
你看它骑行的姿势
哪怕荆棘遍布于深涧

哪怕峭壁临于河畔
都那样的义无反顾

安静时它仰望日月
仰望晴雨
俯身拾捡着周围的年轮

最后的秋天

第二场雨
让秋天有了秋天的样子
饱满的热度必须散发
从山岭到河流
再到一枚石子

那些被齐刷刷砍断的玉米
和一支流连在地头的燕麦
还在沉思着自己的人生
是否会因为一场秋雨而凋零

一个农夫
在山顶唱着丰收的歌
他的狗
在暮色中叫得正欢

怒放的山菊花
在最后的秋天
摆出一个个
歇斯底里的身姿

年轮

南边一场台风
北边便有一场雨
这是一个深思熟虑的咒语
从早念到晚
一整夜的淅淅沥沥

看温度从墙角溜走
在次日变成窗前一抹冷艳
然后
周而复始

时间总是摸着万物的肩膀
如同盘点着他晚归的孩子
每日一次
周而复始

一只鸟

一只鸟,飞进我的窗
就再也没有飞出去
我愿意和它一起生活
直到它眼神苍白无力
心绪焦虑,扑棱着翅膀
在这细雨翻飞的季节残忍地飞翔

必须,必须
必须找到一个值得珍藏的理由
找到一只笼
连同五月的天空
将它一起囚禁
我蓄谋已久
已下定决心

这美妙的声音来自笼中
就像来自田野和森林
我知道这是它痛苦的歌唱
而它却不会懂得
这世界本是一个走不出的笼

形单影只的女人

踩着时间前行
就这样,踩得岁月
一天天老去

再往前一步
会是小桥流水
再往前一步
会是渔舟晚唱

把阳光担在肩头
把玄想和小幸福撒了一地
就像那些翩飞的蜜蜂和蝴蝶
或是勤奋的蚂蚁

心事是站在枝头的小鸟

沉思的声音密密麻麻

一个女人
看似形单影只

我们的安静

我们的安静
如天边一抹云
总是执着地等待着什么苏醒
或者绽放

是谁,用最轻柔的声音
和世界对话
那种坚持从早到晚

是谁,把爱情的文字
写了厚厚一本
像一首老歌
那么熟悉
却只能记起一句开头

彩虹

怎么走
都触摸不到你的身影
一座没有头绪的桥
如同一个诗人心头的秘密
永远珍藏在
思想的最边缘
那或者是黄昏的一滴雨
穿过一声布谷鸟的鸣叫
折射出五色的弱光
那或者是一片追赶阳光的向日葵
在无人的夜幕中
偷偷喘息
我分明听到五月窃窃的笑声

一场雨,是植物的狂欢
一抹虹,是他们燃放的火焰

一只鱼和另一只鱼

一只鱼
被另一只鱼的眼泪
谋杀

只因它们
把相濡以沫的誓言
理解得那么通透

一辈子都不眨眼
只是怕
眨眼的瞬间
彼此遗忘

把一句誓言
重复几万遍

重复在一朵
跳得最高的浪花

一只鱼死了
另一只鱼
生活在它们的海洋

有一种灿烂

有一种灿烂
夺人眼目
在某个春天的早晨
和阳光一起
奔跑

在大地最柔软的角落
华丽转身
把空气旋成一朵花
定格

梦从一场微雨中惊醒
又从一滴露珠开始
沿着它张力的边角出走
却怎么也走不出

一枚花瓣的忧愁

孤单的辞藻
适宜描绘事物的真相
逼仄的修辞如尖刀
且用它剔去这一层尘蒙
你才能找到自己的光华

上上签

把时间过成一粒粒念珠
过成莲台前一盏不灭的油灯
迎来送往着一个个善良的脚步
等待着俗子们用额头叩穿青石

美丽的姑娘
用睫毛丈量着与佛祖之间的距离
钟声把她的心愿拉得老长
在山脚下微漾开一片宁静

青烟腾起时
佛祖就会站在你的身后
只等着
给你一枚上上签

三爷和他的羊儿们

羊儿们轻快的脚步
踩碎了山的美梦
浅草的呼吸
唤醒了整个上午
山儿枕着一团白云
眼看着日头在蓝蓝的天空
满满滑了一个弧线

几只麻雀
好像总是那几只
它们和羊儿一样
也不嫌弃三爷是个光棍
来来回回地嗅着三爷的味道
把春天的气息
歌唱得如此婉转

那件永不离身的皮袄
是三爷的家
也是羊儿的家
羊儿换了一茬又一茬
三爷的家还是那个家
只是有时候
它会让三爷的背影
在夕阳中分外魁梧

过往的春夏秋冬
如同三爷甩响在半空的鞭哨
一直回荡在林间
却为什么总也寻不到它们的影子

爷爷去世了

如同一片落叶
辗转着从风中摇落
爷爷的生命在时间中陨落
堂屋里的棺材是送给爷爷最后的礼物
爷爷在纸钱的灰飞烟灭中微笑
哭泣

阴阳用《江上吟》在爷爷的头顶拼命标榜着爷
爷的功绩
或者爷爷面对死亡的豪迈
掐头去尾的唐诗盖不住悲伤
李白说——仅仅是送别
那么——我的爷爷难道在用另一种方式复活

庙滩里多了一座坟

堂屋里少了一个人
阴阳在炕头坐着爷爷曾经坐过的位置
还用了爷爷喝过的杯子喝着浓茶
难道他总是用喝茶的方式来体验生命的苦涩

女人的哭声惊动了酸果树上的枯叶
叶子便顺着悲伤的气流飘飞
爷爷下葬那天正好是霜降

秋叶呓语

秋季如同一个图书馆
漫天散落的叶片都是纷繁的书籍
每捡一片都能读到
叶子的人生
树的人生
根的人生
大地的人生

把自己当作一片树叶吧
你就会觉得
叶片上的每一个脉络都是你的血管
某一个膨胀的疙瘩
都充满了青春和生命的张力

没有一片叶子有着相同的形状

就如同宇宙中没有一个相同的星球
人群中没有一个相同的人生
宇宙是大人生
人是小宇宙
叶子的人生你们都无法探究

每个季节的叶子都充满了泥土的芳香
只是冬季的叶子隐藏在雪地
隐藏在泥土之中
二月里
叶子顺着树干爬上了枝头
你却再也分辨出哪一片是昨秋的留恋

原来人是可以像叶子一样生活的
其实人是像叶子一样生活的

天黑之前

如同镜中
如同在遥远的远方
如同我们从来不曾相见
我小心翼翼
从墙角扶起一把梯子,就像
扶起一段属于我们的时光

我在一棵树下
在一片夕阳里,等待
一个不起眼的答案
那关乎未来的一片云彩
或者一片蓝天

我爬上屋脊
抚摸这些袒露的岁月

和他们的一些遗忘

我知道
在天黑之前，你
必须到达

一场春雨不期而至

顶着书包,她跑得老快
不料哗啦啦遗落了一大串文字
蹦跳着跑下山坡
变成了我的诗行

小草仰望着春天的气息
无法释怀于某一个瞬间
抓住了一滴晶莹便牢牢不放
它们站在蚁巢的门口
像列兵一样
思考着怎样才能装下整个天空

晚炊的青烟弥留在村庄的头顶
集结成一个大大的猪油盒子
散发出三月韭菜的清香

这春雨只下在山岭以南

灯火

一场沙尘让时光双眼迷离
白天跌跌撞撞
奔逃而去
感光路灯的亮起
是黑白之间的一个接点
不论阴晴冬夏
总能找到准确的界限

城市是一个大森林
有些杀戮会在夜晚进行
胆小的麻雀早已归家
豺狼们还在笑声中磨牙
一个绝望的叫声穿透寂夜
顷刻
灯火万家

冬夜书

在冬夜，读一本书
在距离你最近的地方写诗
让文字长出雪花一样轻盈的翅膀
飞进你暖暖的小屋
我要用浅浅的韵脚迷住你

我一度热爱冬夜的寂静
热爱一片雪花
那细小轻微的声音如同幻觉
就像我渺小的心思
总是等不到天晴

心情

窗台上的蝴蝶兰埋着头
我将笔尖深深插入盆里的碱土中
却不忍再给它注入蓝色的墨水
你看它午后沉默的样子
分明地悲伤
春光浩荡的日子已一去不返
现在,它只奢求一场大雨弥漫

这几日,天空突然像几个世纪以前一样湛蓝
空气似乎来自贝加尔湖,带着清冽的质感
这样的时日,应该忘记自己的存在
后院穿起了赭石色的碎花轻衫
丰满的气息再一次充斥
我牵住一朵九月的菊花的手
向她诉说近日之愁闷

诉说我经年的苦楚和逃逸时的快感与疲惫
我柔软的涣散的目光
就像濒亡的人们回忆起早春的热烈
脆弱也是一种历练
世界极其辽阔壮美
逼仄的是你永远无法放下的某个情愫

夏夜，归人

胖胖的月亮还做着清梦
而梨花已开始跌落
饱满的果实依然埋于土地深处
膨胀的语言，就要面对整个世界

山是一口沉闷而温暖的钟
季节的刻度分外明显
再向上爬一点点，就到了夏天

风尘仆仆的归人
正在用脚步丈量着回家的情丝
它们生长得很慢
花的时间却不少
它们色彩明艳，却分明带着忧郁
而这一刻，它们疯了般生长
爬着云杉粗粝的枝干

对言

冬雪茫茫
要不要坐下来再喝一杯
新续的茶水散发着诱人的香气
杯中的烈酒正等着你说话
河流暗自涌动的声音
就像离别的喟叹
暮霭就要染灰了雪花
风也即将唱起悲咽的歌
蜿蜒的山路,不会再有第二个人

一低头就开始迷乱
点一支烟,再数一数麻雀
清冷的光线就要从树杈上坠落
已经来不及等待了
湖水已封冻

大雪即将封山
黄昏的影子就要染灰了雪花
风也即将唱起悲咽的歌
孤独的小屋,不会再有第二个人

不如——不如——
不如趁此刻之宁静
把明年秋天的话都说完

冬夜旧话

我还是,忘不了凌晨一点开始的
那一场大雪,它怀揣几千年前的一场大风
飘摇着身躯把山岭上的荒草
压得很低,大地在喘息
那么老的屋檐,就要被一枚雪花压垮

给我一声尖利的叹息
让我为你凿开这经年的北山
为你剖析大地深处的一缕幽香

放下疼痛,放下一整个冬天
矮矮的老杏树会在春日
开出动人的花,会在阳光下渗出淡淡的血色

荒芜的早晨还健在,祠堂里的神明
远没有古老的烽燧破败
源源的香火都被高高举起

路过天堂镇

小镇毗邻大通河
河边不远处是祁连山

小镇有一个空灵的叫天堂的名字
小镇有一个孤独的集市
集市上卖马，卖挽具
还有蜡烛，香表，菩提子
也卖廉价的阳光

小镇有一座叫天堂的寺庙
寺庙里收购虔诚
收购玛尼石
收购凡俗间的春夏和秋冬

我在十月路过小镇

正好看见薄薄的秋天
把厚厚的红尘埋葬
人们正对着自己的病体
深深跪拜

祁连山顶,菩萨落下的一片白云
就像一剂空灵的药方

渡口

鸽子在灰白的天空飞过
你独自站在渡口,期待一场
别开生面的景色

眼前草色萋萋
巨大的夜晚的屏障即将竖起
水流清脆,几片树叶奏响弦外之音

摆渡人的歌声即将传来
它们有着芬芳的品质
它们会在蜿蜒的峡谷中弥散
在清冷的月色中遁逃

对岸响起钟声
袅娜的姿势就像水面泛起的粼光

不如，先捡起一枚石子
捎上一句相见的因由
或者旧日的愁绪
用力抛向炊烟升起的方向

这是一个怎样的夜晚

踩着大地的筋络
把目光举向远方
那辽远的天空,恰似我辽远的未来
星河灿烂如银

多想聆听一首纯美的歌
多想在夜晚来一场别开生面的蜕变
山野的天气
一如既往地轻柔

水流在夜晚更加清瘦
她氤氲着月光
泛起一些沉沦的不安和恍惚
很多歪歪扭扭的声响
就像淡淡的飘摇而起的青光

略微冷漠的色调
和笼罩在山壑间的雾气
不期而遇

白房子

白房子，就坐落在一棵成年的杨树下
成片的热烈的薰衣草
却分明渲染出孤独的氛围
夏日的午后，虫鸣声从草木的汁液里渗出

一场雨演绎了短暂的悲欢离合
雨水还在，一切平静如初

白房子，就像一个大汗淋漓的旅人
他曾在这场大雨中狂奔
此刻，他觉得太阳离他更近了
更加耀眼的白光让它眩晕

择一小村，缓慢度日

把自己交给缓慢的时日
交给山村里循规蹈矩的节气变迁
和农事
冬雪雪冬大小寒
应该是到生起一炉子柴火
度些闲日的时候了
或者把头埋在书里
任凭寒气冻结了河流，湖泊，天空
冻结了鸟儿们飞翔的姿势
或者拿起扫把
扫扫自己门前的浮土和枯叶
找一个晴朗的天气
晒晒被子
倾听着北风，唱一唱赞美诗
下雪天，就该出去走走
去找一个能够一起白首的人

浅薄的悲伤

夕阳把世界的色彩都给了天空
丢失了颜色的山峦，树木，楼房，马路
只剩下一片灰白
这灰白的色调在逐渐加深
夜色渐浓
忽高忽低的蛙鸣
在地平线以下

野花就像黄昏的一道小点心
甜腻腻的味道，让人想起很多陈年旧事
有些浅薄的悲伤，再也找不到存放的位置
脆弱的光线，是一剂良药

雪地

很多想说的话,都落在雪地上
我与你,有一片海洋的距离
弯腰捧起一捧雪
就像捧起一张泛着黄色的老照片
冰凉的感觉,生着一双无形的翅膀
静好的岁月就像一枚放大的雪花
渐次荒芜成一滴泪水
模糊了整个黄昏

在瑞应寺

一座寺庙和一座山
它们有着相仿的年龄
比如瑞应寺和麦积山

山风是一个执着的刻石者
石窟的白天和黑夜
都被磨砺出深深的印痕
静穆的阳光就要燃烧一整个秋天

熙熙攘攘的人群
把自己对山的膜拜
用最通俗的形式表达出来
树影正一寸寸偏移
就要遮过寺庙的高墙
跪拜的俗人
依然对着佛祖
非要把一个心愿说上千万遍

低处的光阴

气压很低,就要下雨的样子
几只燕子掠过一片杏树林
径直飞向河谷

在田野的低处行走,花香过膝
白布鞋沾了浅草和野花的清新
如同油画家的神来之笔
在这样的阴天,淬染出分明的哥特风格

土壤里升腾起一场五彩的焰火
显得神秘而有力

雨的气息,越来越浓郁
一场水火交融的晚宴就要开始

苍老的时日

我的眼神逐日黯淡,我的鬓角泛起霜雪
我一定是在一天天苍老
事物,从不停留它们行走的脚步

而村庄不会,它变得越来越新鲜
每一滴晶莹的露珠都像一个清亮的早晨
每一次坠落,都会揭开一页新历
把那些旧日伤痛都覆于时光深处

这是上天最好的安排
当春天把绿色的钟鸣再次荡开
当饱满的种子再次泛起温热的红晕
当柳荫下的黄昏在溪水中泛起金光
一只蜜蜂从一个春天飞到另一个春天
就像村庄不老的岁月

我悄悄合上一本诗集
就像缝合起连日的痛楚
然后,坐在庭院的深处
期待它长出信仰的芽苗

清晨在华藏寺

心底用来祈祷的零言碎语
深深地渗入我膝下的青砖
凡俗间的心愿，脱去油腻的外衣
重复的姿势依然在重复

我在这个微雨的清晨来拜谒您
我怀揣着苍老的心事围着您，右转
学着世人把最高的礼节献给您
每走一步，就离我原本的心脏更近一步
我知道我已走得太远
但我依然请求您饶恕我深重的罪孽

大雪

太阳和月亮,始终走不出这座小城
它们好像从未改变过
好像我诗歌里经常使用的修辞
成为生活必需的点缀
人群中有似曾相识的面孔
而我,却永远叫不出他们的名字

正逢大雪的节气
从老家的那个小村庄里
传来一位老人去世的消息
谣言说是她的儿子把她推下了水井
我坚信这不是真的

一场大雪平复了整个清晨
却难以留下旷日持久的踪迹

掀开窗帘,我依然看到
昨天的这座小城
万家灯火,从凌晨五点开始
渐次亮起,又熄落

在一条老路上

山野里的歌谣,在一层层麦浪间顾盼
它们摇摆着古老的姿势和散漫的韵律
宛如我顾盼的白发

蒲公英的种子牵着一朵朵白云
在阳光下飞舞
它们需要一个幽暗的角落
继续迷惘而孤独地生存

此起彼伏的虫鸣声有着饱满的热度
一遍遍涨起的轮廓,比天空还大

我被一阵秋风抛在路上
正好看见一个苍老的身影
背负着一山花香走来

那头骡子

我知道那头骡子老了
我看它吃草,嚼出浓浓的青草味儿
它驮着我跳上田埂
我偷偷地拔了邻居家抽穗的燕麦
一股股送到它嘴边吃
它打个嘟儿喷我一脸口水

那头骡子应该有我几十倍的力气
我总是紧紧地拽着它的缰绳
腊月里我牵着它去饮水
它一回头就把我拽进了刺骨的冰眼里
我呛了几口水爬出冰面时
它还呆呆地站在旁边
我看见一条冷得发抖的缰绳

那头骡子，它比我大两岁
它要是活着，应该已白发苍苍
它一生孤苦，无儿无女
它一生无言，从不感慨
它甚至没有性别，人们只叫它
——骡子

那一次，我回到家时
父亲告诉我，骡子瞎了一只眼，卖了
突然，我看见黄昏从屋檐迅速跌落
一股青草的咸味迎面扑来

墙角的藤蔓

墙角幽暗,弥漫的藤蔓
借着一日里最后的余光
攀爬着血色的身躯

鼓胀的苍白的经络
逐渐走向身体之外
长长的脖颈
就像一个老者咳嗽的姿势
令人担忧

它们想在秋天的最高处
举行一次盛装舞会
而等它们爬上秋天时
遇到的却是一场葬礼
它们堕落于这秋色之中

它们耗尽一身力气,互相缠绕着
把干瘪的身躯靠在墙角深处
打成一个个死结

它们叹息着说:继续晒着太阳
等待一次徒劳的期望吧
春天已不遥远

小镇和它的集市

山下小镇的集市
就像一场狭窄的梦境
日渐萧条的抱怨
已不再有跌宕的鼎沸

当陡峭的山风
载着三月灿烂的光华
把古老的春天还给小镇时
光阴的黑马，却已厌倦了奔跑
它安静而忧郁地卧于街角
等待一次喋喋不休的贩卖
或者一场痛快的宰杀

只有那只废弃了的邮筒
依然恪守着斑驳的绿漆
就像一个民国时期的繁体字
年轻的人们已经认不出它的神性

八月

八月,打着一伞江南来找你
从一湾湖水开始,溯流而上
树枝在我头顶,凝结着博大的烟雨
天空越来越近,矮矮的都是你的味道

我坐在布满青苔的石头上
突然想变成一棵草
我想在那里生根发芽
顶着一片江南过日子

八月,我铺纸、研墨,想象着你的样子
想象我们第一次见面和最后一次的分别

八月,我在西北偏北
等待月亮爬上麦芒
等待你踩着细碎的白沙来找我

八月，我在苍茫的书桌前
为你准备了一场
只有两个人的宴饮

夜宿村庄

一场大雪，让村庄的嶙峋瘦骨
变得丰腴
凄然的老屋，憨态可掬
黄昏亮起的第一盏灯
散射着令人敬畏的光亮
一瞬间就填满了这辽阔的空白

村庄很安静
当越来越多的人走向远方
当它牵挂的丝线都被扯尽时
它只能安静地等待

我像一个熟谙乡音的陌生人
请允许我，只借宿一晚

五月多雨

想起五月里发生的很多故事
天空就止不住地落泪

莫测的五月
神经密集的五月

槐花奔跑在地上
像甜蜜的云朵
要用这一身纯白征服五月
每一枝旁逸斜出
都是一首五月的词令
它们落进流水
又变成一首离骚者的歌

横在心里的几场雨就要落尽
布谷鸟已亮开它阔如田野的喉咙

大营寺里的古槐

寺庙有人翻新
而槐树却越长越老
六百多年前,这棵槐树是山西洪洞县
一棵老槐树的种子
它没有想过自己会长这么老
直到——
一个个有名有姓的神都入驻其中
直到——
越来越多的人都把祭拜自己
当成祭拜神仙或者佛祖

它已管不了世间这么多的恩怨情仇
它像一个残年中的老人
支撑着摇摇欲坠的身躯

孤独的孩子

春天看不见,也看得见
她总是给大地一个深情的拥抱
猝不及防
她带来陌生而新鲜的空气
让你知道新的花儿又开了
她牵着一只陈旧的布袋
装满了春风
有时她幻化成一个遥远的声音
从山谷中传来

暮色中盛开的鲜花
有着金黄的忧郁
长起蒿草的蓝瓦房上
泛起浓浓的水汽
我就是黄昏里那个孤独的孩子
总是看重那些简单却又珍贵的东西

消息

关于你的消息,像风一样
在午后的一瓣桃花中陨落
暮色四起时
月亮捂着半边受伤的脸
唱出一片蓝色的星辰

当人间的灯一盏盏熄灭
天上的灯正在逐次点亮
没落的夜晚
再也没有年轻时的暧昧
万物的变迁像一个个美好的祝福
平坦的清晨在慢坡上迎接懒洋洋的日光

我这一头固执的黑发已逐渐变白
已逐渐稀疏
像枝头繁盛的谎言,就要跌落万丈悬崖

明眸

阳光就这样微笑着,向我走来
在清凉的苜蓿地里,青雾已散开
循着那条紫色的花径
总能找到你坐在丛林的深处的身影

这里适合两个人定居
我们听布谷鸟唱歌,抑或
学着用树枝卜凶吉
把所有的福祸
都在傍晚的明眸里烧尽
然后,你看着我,我看着你
平淡的日子总会在夜里发光

琐琐碎碎的事情都弥漫在
芳香的田野里
有时候,它们涉河而过
就变成了成千上万的野菊花

黄昏遇老者

黄昏般的老者
盘膝在秋天的门廊里
他身旁落满枫叶
每一片都书写着年轻时的故事

他把故事叠成一本厚厚的书,然后
努力从中挑选着不太相似的台词

他说——
杂草在无名的土地中生长
时间越来越稠密
累积在纸上
变成一个世纪的二分之一

山崖的年华

荒草点燃秋天
温度从露珠中渗出

从清晨到夜晚
一朵花的火苗一直裸露在石板
就像她被撕裂的红裙
成为大地的绷带

记忆里山崖的年华
依然在荒诞地奔驰
金属的气息一天比一天浓烈
终于锈红在一片湖泊的深处

庭院深深

把所有的话语都关进我的庭院里
只对着五月的桃花说
只对着八月的月牙说
然后，在冬天的一场大雪中熟睡

把太阳的光芒都关进我的庭院
春天里晒晒杜鹃
秋日里晒晒被子
等到落了雪就把它藏好
让树木晶莹
让雪人挺拔

白夜

把白天托在手心里
蔚蓝沉于白云之间
光线像细细的泥沙隐入丛林
蓝天印在星期天的窗格之间
烦恼沉入白日的梦境

大地是阴影的口袋
把装进去的人都化作岩石

大地是阴影的口袋
里边装着一个巨人
一手托着白天
另一只手托起黑夜

我是一只鸟

晚霞一道道脱落
粗硬的星光落在河水里
泛起光
也泛起怜悯和希望
希望是夜晚的酒

树木们热血膨胀
生锈的骨骼发出吱吱的声响
我是一只鸟
在自己的枝头歌唱

一条河流

一条河流蜿蜒而来
又迂回而去
它总能找到要去的地方

稀疏的日子汇进河水，变成泥浆
我像一只失去翅膀的麻雀
涉过泥泞的险滩
正好看见一只晚归的燕子
在黄昏中啄食晚霞

晚霞落在我的影子中
我踩着自己的影子前行
踩着下午六点半的太阳前行

桥

河岸南边都是你的歌
却飘不过北岸来

日子像石头
小的落在河里
大的拿来造桥

歌儿唱哭了南山
唱哑了河
水从石头上流过
流成一河草

我看见了你
顶着一头白发
在唱歌

杏树林

那些杏树的躯干
更像从大地中冒出的烟囱
夜晚里的烟囱
它们弥散着黑沉沉的烟
夜晚便更像夜晚

世间的寒流是一把野火
由外而内
锻造出那么多粗粝的人生

而每个清晨,杏树林里会有鸟鸣
人们被一遍遍提醒
记起杏树林的春天——

一只蜜蜂飞进去,一只蝴蝶飞出来

彼此交换着秘密
太阳从身旁落下，月亮从身旁升起
漫天的星光，都是世界的秘密

白马浪

黄色的河流,落入我的眼睛
再一次把白马浪看成千万匹马
它们曾经穿行在森林里
黄河的每一个拐角
都是一片水草丰茂

一个个春天破土而出
奔涌在血脉膨胀的土地上
这个春日的傍晚
河水一直流着
径直流向秋天

深夜里,秋风如叶
在渤海飘零

尕女姐

布谷鸟一声声叫着
叫来了三场雨
第一场下得满山起了白雾
第二场让谷底的杏花落了一地
第三场叫来了尕女姐
尕女姐拖着个瘸腿

布谷鸟一声声叫着
叫来了尕女姐
尕女姐一步一瘸
第一步走得梨花撒满了坡
第二步走得黑金山晃了三晃
走第三步时
泥水滑倒了尕女姐

布谷鸟一声声叫着
尕女姐想啊，明天就是谷雨
那年谷雨，前夫死在黑金山上的小煤窑里
埋着前夫的黑金山，如今遍野的绿
坟头长着二十年前的草
草带着黑金山的体温

布谷鸟一声声叫着
每叫一声
尕女姐的身子就趔趄一次

小儿八岁

宝贝,你说你爱我
天上就掉下一片云
擦亮我们的双眼
春天也长出了新芽

宝贝,你说理想很高
阳光便洒在我们肩头
你爬到我背上
风筝飞在蓝天里

宝贝,我说你会长大
你说长大只需要一个春天

宝贝,我说你会远行
你说远行的线总牵在我手心里

宝贝，你让我别抽烟
你说烟雾挡住了太阳的脸
我说抽一根不碍事
太阳在动，地球也在动
整个宇宙是个大火车
火车冒着春天的烟

我们共同经历的部分

独自一人来度过这个夏天
等待对面的海棠再开一期
角落里，匆匆忙忙走过的人们
那黏稠的心事

月亮一天天瘦下来
黄昏和清晨依然没有新意
路过的咳嗽，是窗外唯一的动静

在自己的故事里摸索
身影闪烁的人们
还会在还会在风霜雨雪的夜晚出现
而此刻，郁结的黑云
正在酝酿一场大雨
这些，都是我们共同经历的部分

再假设一次作别

在荒芜的原野里与你对视
太阳继续维系着我庸碌的时日
麦田青青

刻进石头里的并不是你的思想
你记得的只是属于你的
一辈子的烟火
你记得我的父母、兄弟
记得庄稼在每一个节令里样子

我翻过初秋的早晨
鞋底沾满了湿漉漉的秋风
麦子熟了，泛起九月的涟漪
锋利的镰刀就像我
缄默不语的爷爷

而今天，春风再一次吹过慢坡
让我再假设一次作别
把孤独留在地平线以下

刻在石头里的传说
和埋没在麦田深处的青铜
在史书里寻找战士的双眼
明媚的战歌
瓷器的疤痕
就像卷起我苍白的发肤
原是上帝打翻了茶杯

当我再次来到故乡

山野的绿风漫过河岸
露水打湿青瓦
我童年的老榆树竟然还在那里
天空和云朵栖息在枝头
鸟鸣就像一串串流水
缕缕炊烟飘起故乡的味道

我的话语依然稚嫩
无法表达一棵老楸树沉默的言语

破败的不再有人居住的老屋子
从窗格里透出阵阵哀怨
就像母亲嫌弃我过于苍老的眼神

春天的堡垒

春天的病到处都是
黄昏的阳光是一味药
混合着花草的呼吸
灿烂的云海涨起
逐渐变得黑瘦,没有光泽
夜晚凌空而落
细密的星空犹如春天的细胞
这个贫血的夜晚
会在安静中汲取大地的养分

我是春天的孩子
躲在孤黄的灯光里哭泣
等待太阳把一枚骑士的徽章
挂在胸前

温暖的脚步还在行走
沉甸甸的早晨
必将筑起堡垒
其中布满了常人不可逾越的距离
尘世的沧桑，凄惨和厄运

当你独自坐在窗前

雪花落在窗台上
像极了你此刻的呼吸
你坐在窗前一整天
看着屋里一枝盛开的杜鹃
不厌其烦
你不用刻意寻找黄昏开始的节点
不用去做那些无关紧要的事情
不用去考虑生活中那些沉重的人
你内心里奇异的孤独
正在尘世中写下莫名的文字
就像落叶安排自己的余生
就像黄昏逐渐融入黑夜

春早

春风无骨
柔软而又坚定
落满山坡
落在小院
脚步欲言又止
那动作如爱情般美妙

窗台上,默立着一块陈年
却不值钱的瓷器
在大门敞开的一刻,春风回身
借着瓷器的脸
想要读懂一家人的前世今生

秋天的重量

凉薄的菊花,开放在艳红的早晨
这么大的田野,有太多孤寂
很多危险的回忆还在继续

生命在一片星光中璀璨,温柔的光线
足以慰藉秋天的花木
我没有一一道出它们的名字
只是为了不会减轻我内心的重量

在大风中挥舞手臂,作别霜白的年华
那些总也长不大的麻雀
像我心脏的标本,有时候活着
有时候也死去

我放慢无处投奔的脚步,默立在田野

我心怀叵测，望着一座城市
我窃喜地看到，那么多人的时间都匆匆而过
而我，即将化身成一方静止的时光
在野草的深处，埋下整个秋天
在僻静的角落里，翻阅一座城市的沧桑
和人们简单老去的灵魂

暮春遇雨

从指缝中流逝的，都是你脱落的肉身
就像雨水从屋檐滴落
又在南墙根里长成自己的草原
那痛苦，孤独，欢乐，都没有边界

春天，是一辆御风而来的马车
总是忘记带走它生死有约的亲人
潦倒的辙印趟过泥水，追逐着，失落着
通往命运的路，被鞭子沉沉地抽打过两次
却总也撵不上飞奔的马蹄

布谷鸟一直叫到黄昏
后来，应该是被炊烟呛了喉咙
栽倒在沟涧深处，哽咽的声音
越来越暗

而大地，摇一摇身子就合上了双眼
不慎间抖落了老树上最后的几片花瓣

沉陷

鸽子掠过田野
闪烁着瓦蓝的光芒
你我的身影，映着晚霞
斜躺在金黄的麦田里
草色漫过河床，直逼小路
青色的烟岚，回荡起孤独的回声
所有的话语都显得苍白
从空气里打捞出来的
唯有那些平常的标点
其中却没有惊叹号

曾经与你相识在一瞬间
现在，要如何找到一个能够遗忘你的地方
头顶，星空已逐渐亮起
璀璨，却没有任何意义

这不是草木皆兵的日子
我却被迫退守到高山之巅
等待你的名字长满杂草
然后，手握图腾之光
沉陷在一片墨绿的纸张中

不如就这样

换了这太阳月亮和路灯
换了霓虹闪烁
换了大海和高山
找一片宁静之地
啜饮一片清宁的月光
换一种心情好好活着

相聚如焰火
终将散若星辰
终将像尘埃般
在风中哀鸣

不如就这样
躺在草塌上,遥望春色渐近
好好驯养这迷人而又冲动的季节
给他们最关切的描述
就像关切自己的心脏一样

黄昏的速度

十月的风,正超速行驶在连霍高速
隧洞里埋藏着最原始的星辰
我是一滴流窜在公路上的水滴
我仰望秋色,把一身风尘
抖落在黄昏的光影之中
我有着虚弱却非同一般的速度
这一身病痛都在与我赛跑
我怕停住的那一刻
就会跌入无尽的纠缠
那些我不喜欢的事物
它们会像小恶魔一样分食我的余生
那是我最厌倦的场景

理发店

街上弥漫着鞭炮的味道
隔壁又开了一家新铺子
这是一条被人们遗忘的老街
店铺开开关关
唯独留着这家理发店
它过时的门面
就要被时髦的发型淘汰

理发店拥有整个下午
去等待一个老主顾
这是一次没有预约的等待

理发师是一个残酷的人
他一次次刈割一个人生命的长度
他看着堆在屋角的碎发

傻傻地笑

生命被一次次烫染
不论弯曲还是变色
却都无法改变它的长度

灰暗的墙角，一粒榆树的种子
正在发芽

惊蛰的声音

一定是春风断了一根肋骨
惊醒遍山的鸟
一定是细雨被抽去灵魂
一场比一场落魄

柳树再次皴染天空
粗粝的春天
从他体内爆发
原野啃噬日光
消化在夜晚的冰雪中

河水开始流淌

路,永远只有这一条

沿着这条青石小路
一定可以走到冬天
冬天在故乡的小院里
从未离去

太阳一天天落到北风深处
你要预备好一冬的柴火
便于在黄昏时,用炊烟点亮晚霞

路,永远只有这一条
只是我们都越走越老
就像山中的松果从时间的枝丫上摔落
就像流星滑过某人身后

就像太阳落入
没有烟火的烟囱

冬天的第一场雪

天空般巨大的翅膀
造访时间的庭院
酒杯比那庭院还大
盛满了麻雀的叫声
麻雀落在桌上
踩出碎碎的脚印

炉火煮沸汤药
味道融入冬天的第一场雪
万物开始疗伤

蜕变

一缕缕微光努力地点亮黑夜的墨水
山峦如同黑羽
时间更像迟钝的梦境
在万物中腐蚀

星星落满田野
河流永生
塔吊把手臂伸向天空
像努力长大的世界的孩子

房间里流动着异常的空气
速度缓慢，却能爬上屋角
往事一片一片脱落
你迫不及待的左手
还是拿起了锉刀
用善良的力量，一遍又一遍
复原着自己本身的面目

星座

夜色的潮水将我们遮住
黑暗就像重复的诅咒
时间在脉搏中跳动

最亮的一颗星星在闪烁
就像我跳动的心率
那么多的星星
你看到的和我看到的
都不是同一颗

这世间万物
都是星星的别名
一首诗，就是一个星座

向日葵

那是太阳播种在大地上的眼睛
大风吹在荒原上
雕刻着千万只眼睛

天空,硕大的海湾
云彩是飘动的船
空气都彼此关联
像你体内流淌的血液

眼睛的光芒
都是世界脆弱的法则

神灵没有语言

他说一句,烛台上的灰烬就掉落一段
今晚,换蜡的人还没有来
你郁积了半年的因由
都无法在此刻得到解答

沿着广阔的山岭行走

风越磨越利
冬天的锋刃
割着腊月的肉
分给神灵食用的每一天
都被年的血液浸泡过

在西王母石窟寺

谷粒般大小的语言
根本瞄不准佛祖的眉心

我的佛祖
他右手无畏，左手大象无形

我的佛祖
他经历了什么
把折断的右手埋没在尘世

我的佛祖
他用了多大的劲儿
才把自己的右手埋没在尘世

在云崖寺

天空晴朗
山崖间的灌木晾晒着自己的时间
濒临山崖的岩石
就要被太阳压垮

山谷的灵魂从未熄灭
山上的寺院
山下的学校
都把山说成锦绣文章
时间就像白蜡
一天烧完一段
又被怀抱佛经的人
悄悄换新

我的房子

霞光在瓦砾上行走
在房檐间变成会说话的昆虫

夕阳的光线在延长
炉火烧得正旺

有人在丛林深处望着我
我躲在房子里

我的房子
这个世上只有一座
它有一面镜子

镜子躲在水潭中
我看见自己泥泞的身影
被一辆马车碾过

坐在燕麦地里

坐在燕麦地里
我就成了一棵燕麦
你说秋草黄了,蒲公英飞了
满地的野菊花蓝过了天

坐在燕麦地里
我就成了一棵燕麦
你说斑鸠鸟叫了,花椒红了
天再晴不过三日

坐在燕麦地里
我就成了一棵燕麦
你说叶子落了,香味弥漫在秋天的血管里
到处都是红灿灿的蝴蝶在飞

坐在燕麦地里
我就成了一棵燕麦
我怀抱四季的风
把一首歌谣唱满了山

五月的某个黄昏

几只鸟扇着有力的翅膀
从南边的天空飞来
山坡上,便起了风

五月的黄昏,正好给
青青麦田镀上一层金色
太阳牵着最后一抹亮光
隐入群山
杏林在拥挤的空气中
摩擦出亲昵的声响
大地再次卧倒在自己的怀里
溯河归家的牧羊人
把河水的白天赶进圈里

如橘灯一般的小花
依然在栅栏的角落里
忘情地绽放

晚春即事

微风，吹落枝头的一只小鸟
阳光透过玻璃，在书桌平铺半米
宣纸依旧空白，好让我画出半个春天
画出一只死鸟

所幸，后院里的春天还健在
和它的第一个春天一样
紧挨着半亩油菜花盛开

在西秦国都城墙下

西秦,最终成为殁于麦田中的国
当四野的风吹到这里,太阳落山
城墙更像隆起的悲鸣

烈马叫了一声,遍山的青草都竖起了耳朵
而后是一排排战马,像血一般涌来
凋零在肥沃的土壤中

一个国家很小,小到只在马背上站立
一个国家很小,最终被城墙风化的尘土淹没
淹没像一场戏剧
只够一朵马兰花开败一生

我在清晨置身于国中
耸立的玉米,更像勇士的利戈
在夏日里分外葱郁

一个国家,拒绝和流转不息的太阳和解

沿川湖

没有波澜
天空把另一种颜色投入湖底
芦苇唤醒龙王，接连下了半月的雨

没有看到水涨
涨起的水都流向远方
流成一条叫苑川的河
流向整个天堂

秋夜里，天晴了，星星熟了
金色的光芒就要掉落在人间
夜虫在歌唱
湖水流向远方

归来半日

院中无树,落叶厚积半尺
地,一年扫一次

墙外都是风,遮遮掩掩
塞满梅林,桃符几年未换
神荼,郁垒,照旧

花开不见,兀自红白
兀自悲欢
悲欢是一炷香
散发出荒草的味道

小巷时光

窄窄的巷子,提起一座小镇
雨停,河水退回原来的位置
关上大门,据守黄昏之末

迎来送往的,都是春色
有人自山中而来
背负不毛的沉默
关于岁月的秘密腐于井中

有人揭开井盖
一天的光景就开始荡漾
在扁担的两头

青城古镇

在黄河边,我变成一个老人
靠着黄昏说明来意
我说——
书院里没有书
文字都结成了果
在青砖铺成的方格中长大
四合院里都是过客
月色冷成一把弯刀
收割冷却的香火

在青城古镇,我变成一个老人
隐匿在诗文的罅隙间
我说——
祠堂高悬功德
一粒种子在田野分娩

凑成朝廷的俸禄
夜色在大河里淘洗
困顿的马队
驮走水烟，驮来白银
马是银色的马，仍然是那一匹

在青城古镇，我变成一个老人
我看见前生的自己
我说——
却听不到自己的声音
所有的话语
在上辈子都已讲完

狄青府

太阳照在白墙上
昨日的檄文和告示传遍天下
不朽的蓝瓦
蓝成一个古老的春天
隍庙对着戏楼
男男女女唱起了名为西厢的小调
想起狄青
狄青府还是狄青的
只是那日,是狄青拜颂他人
今日却是他人拜颂狄青

性急的海棠半夜就开了
杂念丛生于次日清晨
风,从微凉的手指间滑落
供桌上的白蜡像手指
昨夜就已烧尽

散花词

如果你悲伤,春天夹在冷风里
镜前有人梳妆,寒气落在胭脂上
如果喜鹊啾鸣,一直到天黑
朱门紧闭,像傍晚的血
如果芍药合上眼睛,有送信人路过
恰好看看你的门楣

一定是有人想着你
涉过一条河,两条河
燕子从南飞到北

而此刻,季节沉入发黄的宣纸
桃花飞旋如你的命
墨色搁浅在你双目的余光中
屋外言语,是一场沙尘
吹过了才到春天吧

草木之心

麦仓空了,落满梨花
深居简出的人在天井中央
懒得下地,只饮春风便可

屋旁有竹,于三月发芽
昨夜梦见你鲜衣怒马,置于风尘
清早恰逢一场小雨

接雨冲茶,只够半盏
沐手焚香,寻不见烟火
退身,在天井中央
如此潦倒度日

燕子归来

晚归的燕子,像灯台间流窜的一缕烟
破庙里的烛光,借着黑暗练习呼吸
屋檐一片挨着一片
大地上松动的牙齿,把月光析得很瘦
虫鸣如微光,在晦明中追赶星空
世间的命运各自独立成一座山
又借着飒飒的泥沙血脉相连
夜晚是神明的温床,他们醒了
弹落颓废的烟火,好多人的宿命
栖息在枝头,期待生根
或依然保持孤独的权利

山居

灯火在山下蔓延,而后熄灭

雨夜里适合交谈
雾气弥漫在松木屋檐下,茶香缭绕
你铺纸研墨,第一笔万山含露
第二笔清风徐来
第三笔雨携花落

你深夜开卷,未读几字
便已到西周,一花一叶
尽入《诗经》

次日清晨,是三千年后
又一个明亮的春天

五月，在村庄

你还向往着真实存在过的某种虚无
村庄，某棵槐树，某扇大门
荒原上吹来的大风，磨平了他们的面孔
而眼睛里，依旧散发着锐利的光芒

一株野芍药，把世界分割成两半
燕子含着青草，一半是蓝天
一半是白云
拥挤的蓝色降落在窗台
花盆里盛满了五月雨的白
胚芽向着太阳生长
一天比一天绿的温暖
五月的风，终将长成宝剑

此时

火炉里闪烁着北方的星辰
被春天遗失的舌头
舔舐生铁的锐利和坚不可摧
冬夜像一张网,让谷仓安静
豌豆挤在自己的瘭上沉睡
一只坛子,呼吸着淡淡的烟火
冬夜有一双铁的翅膀
在大树上筑巢,对着人丁兴旺的人间
伺机而动,不幸的命运大抵相似
比如最后的一缕炊烟被冻伤
比如月亮惨白着脸
吐出冰雪般晶莹的星星

此时,我坐在你的屋子里
这样坐着就好

季节或者江山

我像一束提心吊胆的荞麦
在秋天抱着自己的想法不放

黄昏,一棵树在旷野中站立
大地伸出的手掌
撑起蓝天白云
枝头不能再增加分量
叶子长半寸,自食其果
屋檐不能再低,葫芦里装了药
或者一家人的伤痛

所有的秋天都弱不禁风
暮鼓声处,大树的生命在解体
一定是留下了什么,石缝中长着野草
力量深埋在黑暗的土壤中

夜晚牵着太阳的丝带滑落
归来的马群成为最后的俘虏
星空和灯火是夜晚的狂欢
草，竖立起刀刃
镀了金子光芒般的锐利
挑起夜晚的湿气，暧昧丛生
却又瞬间破裂如水
这是供养夜晚的水
在你身旁的女人的身体里流淌

一个早晨

沉默的早晨,治愈了麻雀的伤口
它们鸣叫着秋天,霜花一样落地
在晨钟的脚步中蔓延,化身为沉默的晶体
门前的狗,嗓音被镀了铜的野草捆细
绒毛瑟缩,一场北风在它的背上肆虐
它张口,把天地的光阴吞入腹中

风月斜卧在墙角
树叶和麻雀一样学着飞翔
你在一张旧纸上渲染山川
草木味的山川囤积了世间
所有的果实,书案似楼
平起于《诗经》深处
你凭栏远眺,尽是江山

题画

荒原上，我看到两个季节
一个是秋天，遮蔽了语言的井
一个是春天，落在你怀里

麦子长在松林后面
青浆泛起，云的白
蓝色的腥味流在水中
一个孩子，阳光一样哭泣
波纹闪闪，漫过膝盖
飘向麦田深处的蛙鸣

潮潮的蛙鸣让人想到夜晚
经不住水分的声嘶力竭
像月光般白
像裙子般透明
像常青松围住的麦田
踮起脚尖的岚影

半卷黄昏

城外，僧人点燃蜡烛，秋天在烧
黄昏被烧开一道口子
樵夫拿起柴刀，劈下最后一段光阴，天就黑了
月亮在大地上映出船的影子
荒芜的田地，更加明亮地荒芜着
这城市需要一把闪光的犁
翻开来，晒晒夜晚，也晒晒白天

桃花令

燕子,是春天的一枚戒指
当它被安放在屋檐一角时
春天刚好抵达
有人数着蓍草,占卜余生
太阳一不小心就落了
鸽子的羽毛在暗夜中冷却
星星的余温在翅膀中颤抖
瓦,盛满了桃花
有人借着夜晚的灯光酿酒
蓝色的酒,像极了昨夜
如蛾子般飞舞的雨声

每个人的心里
都揣着桃花般的闪电
并时刻穿越肺腑的罅隙照亮自己
他眼睛的光芒,照见的都是余生

等你归来

纵然这早晨无人理会
我依然早起在风中
修剪胡须,就像整理逝去的
和即将逝去的光阴
梦中清荷入怀
醒来却置身于山涧
无雨,唯有幽光闪烁
唯有这个在书中无法翻到的夏天
攀附于山中树木
大事开花,小事长叶
你的味道是一棵不死之树
也是我唯一接近天空的途径

脚下一泉劲流,直指夏暮
无事,便等你归来

时间之笼

正如永恒的快乐是无法想象的
有人踩着泥浆,越踩越浓

来,用这个午后等待另一场雨
压遏而来的云把你我装在同一个笼子里
草木葳蕤,呼吸泠泠而生
你撕下半生光阴擦拭玻璃
既然这半生都沾染了错误的习气
何必再让它放大露珠一样的生活
窗外景物越来越小
膨胀的空气,让你我再次深深拥吻

有关年龄的词条

试图用一句话概括我度过的光阴
却看见——
除了我还小
就是我已老
此时的话语已然落向秋天
屋外雷声石头一样滚动
后面跟着一双眼睛
流完了泪水
就开始落雪
那眼睛里的雪怎么落都落不完
我想起生命，想起尸体
想起厚厚的历史堆积起来的雪山
前人冰冷的话语诉说无数死人
可这又有什么意义呢
历史永远都不会崩塌

可现实会
当我想起这些话时
无数崩塌的现实又将在霜雪中颤抖
我该用一句什么样的语言
念成它们的悼词

土地

终于，秋天落在黄金一样的土地上
终于，黄金落在秋天的土地上
这是西北仲秋的一个傍晚
我们躲在屋檐下
看土地一次次掏出紫色的肝脏
在风中沥出闪闪的光芒
风是来自原野的火
麻雀和喜鹊吱吱作响的傍晚
正在淬炼着丰盛的五谷
众人齐聚在河畔
把秧歌唱成生活的雕塑
大风中的雕塑在黄土中变换姿态
温暖如血的庄稼藏着鸽子
藏着金属般坚硬的虫鸣
大雁趁着水暖渡河而过

它们保持身体中的火焰以便飞得更远
黄金一样的土地
终将把所有的温暖全部给予时间

咩

别再写那只鸟,它都被你写老了
也别再写那片云,云落在屋顶
把天下之春,尽收入肝肺
一只羊,叫着青草一样的黄昏

万物的腥味逐渐黯淡
就像一只母羊
找不到自己的孩子
在铺满星光的河畔
叫了最后一声